Tempête à la maison

Jo Hoestlandt est née en 1948. Mère de trois enfants, elle anime à Rueil-Malmaison des ateliers de lecture et d'écriture pour les enfants. Quand elle était plus jeune, ses parents lui reprochaient de « raconter des histoires ». Elle ne leur a pas obéi. Des histoires, elle en raconte depuis dix ans dans les magazines et les livres de Bayard.

Du même auteur dans Bayard Poche :
La rentrée des mamans (Les belles histoires)
La nuit de la rentrée - Le prince sans rire (Mes premiers J'aime lire)
Émile, bille de clown - Journée poubelle pour Gaëlle - Coup de théâtre à l'école - La maison de mon grand-père - La maîtresse est amoureuse (J'aime lire)

Serge Bloch est né en 1956 à Colmar. Actuellement il est directeur artistique à Bayard. Quand il lui reste du temps, il fait des illustrations pour les petits et les plus grands ; il adore aussi faire des dessins humoristiques.

Du même illustrateur dans Bayard Poche :
Les crétins punis (Mes premiers J'aime lire)
Mon copain bizarre - Le professeur Cerise - L'atroce monsieur Terroce (J'aime lire)

Dépôt légal : septembre 2003
Loi du 16 juillet 1949 sur les publications destinées à la jeunesse.

Tempête à la maison

Une histoire écrite par Jo Hoestlandt
illustrée par Serge Bloch

J'AIME LIRE
BAYARD POCHE

1
Un volcan dans la cuisine

Hier, il y a eu une espèce d'avalanche dans la chambre de mes parents.

Ce matin, c'était comme un tremblement de terre dans le salon.

Ce soir, ça ressemble plutôt à une éruption de volcan dans la cuisine.

Et ce sont Papa et Maman qui font tout ça

tout seuls, en criant, en se disputant, en se bagarrant avec des mots qu'ils se lancent comme du tonnerre, comme du feu, comme des cailloux.

Mon Papa explose :

– Ferme la porte, s'il te plaît ! Et ne hurle pas devant les enfants !

Maman lui répond plein de mots en avalanche, des mots qui déboulent si vite qu'on ne comprend que le dernier : « idiot ! ».

Papa sort de la cuisine et Maman lui claque la porte au nez ! Heureusement qu'il a reculé, sinon son nez était coupé en deux et tombait par terre. Ça n'aurait sûrement rien arrangé.

– Ouvre la porte, s'il te plaît ! hurle à nouveau Papa qui ne sait plus ce qu'il veut.

Il retourne dans la cuisine. La porte gifle le mur. Le tableau où la mer berçait tranquillement ses bateaux sursaute et reste suspendu tout de travers. Peut-être que la mer va sortir du tableau, couler, couler dans le salon, noyer le volcan...

Mais la mer reste de traviole dans son tableau, et il n'y a que mes larmes qui coulent, salées comme la mer, et celles de Louis, mon tout petit frère.

On reste là, tous les deux, figés comme deux statues de chagrin.

On écoute de toutes nos oreilles.

On n'entend plus rien du tout.

– Peut-être qu'ils font à manger... dit Louis, plein d'espoir.

Je hausse les épaules :

– Tout ce qu'ils nous préparent, ce sont des clopinettes.

Louis renifle :

– Moi j'adore les clopinettes, avec du gruyère râpé.

Je souris à travers mes larmes. Mon petit frère confond les clopinettes et les coquillettes. Mais je ne dis rien. Des clopinettes ou des coquillettes, qu'est-ce que ça change dans un appartement où c'est presque chaque jour la fin du monde ?

Tout à coup, Papa et Maman sortent de la cuisine. Ils ont les yeux rouges, eux aussi. Comme nous. En Amérique, il y a des tribus de Peaux-Rouges. Nous, ici, on est la tribu des Yeux-Rouges !

Papa dit bêtement :

– Vous êtes là...

Comme si ça ne se voyait pas.

Je pense : « Où veux-tu qu'on soit ? Sur la Lune ? »

Maman s'accroupit près de Louis qui se niche dans ses bras comme un oiseau qui a froid.

– Tu as faim, mon chéri ? lui demande-t-elle.

« Oui », fait Louis de la tête sans enlever son pouce de sa bouche. Il grommelle :

– Je veux des clopinettes, avec du gruyère râpé.

– J'y vais, dit Papa.

Il va dans la cuisine. Tout le monde le suit et Maman me demande :

– Tu mets le couvert avec moi, Sophie ?

Je le fais sans râler.

Papa sert les coquillettes. Avec du gruyère râpé.

C'est bon.

Mais j'ai du mal à avaler.

2
Ma copine Jessica

Le lendemain, j'hésite à tout raconter à ma copine Jessica. Ce qui se passe chez moi, ça ne la regarde pas. Mais tout ça me brûle le cœur, me brûle la tête ; je vais tout de même lui en dire un petit bout, sinon à quoi ça sert d'avoir une si bonne copine ?

Je lui dis :

– J'ai peur...

– De quoi ? demande Jessica.

C'est sûr, si je ne dis que ce petit bout-là, Jessica ne comprendra pas.

J'avale ma salive et j'ajoute :

– J'ai peur... que mes parents divorcent.

Voilà. C'est dit. Une saleté de larme se met à couler le long de mon nez. Je l'avale vite fait.

– Pourquoi tu dis ça ? demande Jessica.

Elle a parlé tout bas, pour que les autres n'entendent pas. Un gros soupir s'échappe de ma poitrine quand je lui réponds.

– Parce que… Ils se crient dessus… Tout le temps.

Jessica suggère gentiment :

– Ils sont peut-être simplement énervés. Ma mère aussi, des fois, elle est énervée, et elle râle à cause de son boulot : elle en a pardessus le dos ! Alors mon père lui dit : « Cool Raoul, ou tu finiras maboule… »

– Elle ne s'appelle pas Raoul, ta mère !

Jessica se met à rigoler.

– Évidemment, puisqu'elle s'appelle Claire ! Il dit ça pour blaguer.

– Et ça la fait rire ?

– Pas vraiment, reconnaît Jessica. Alors ma mère prend un bain et se fait un tisane. Elle n'en propose plus à Papa parce qu'à chaque fois, il dit : « Non merci, moi je n'aime pas le pipi de chat ! »

Tout cela me laisse perplexe. Je dis :

– Tes parents ne vont pas divorcer pour une histoire de pipi de chat...

– Surtout que c'est du tilleul ! conclut Jessica. Mais c'est pour te dire que tu n'es pas la seule à avoir des parents énervés...

La cloche sonne. Alors on se met en rang, et on arrête de parler de ça.

En classe, la maîtresse rend les contrôles de calcul. Ma note, c'est 4 ! Quand Papa et Maman vont l'apprendre, ça va encore être une avalanche de mots durs comme des cailloux qui vont me tomber dessus. Je sens les larmes me remonter aux yeux et dégouliner sur mon contrôle où elles forment deux petits lacs d'encre bleue.

La maîtresse me demande gentiment :

– Que se passe-t-il, Sophie ? Ça ne va pas du tout !

Je ne sais pas ce qui se passe. Je ne sais plus rien. J'ai un brouillard dans la tête. Je voudrais partir. Toute seule. Ou avec Jessica. Et avec un chien qui nous protégerait contre tous les méchants. Et tous les adultes, ils resteraient là avec leurs problèmes de calcul, et leurs autres problèmes, les problèmes de la vie que je ne comprends pas et qui me font peur.

Quand l'école est finie, je dis à Jessica :

– Je n'ai pas envie de rentrer chez moi...

– Et où tu veux aller ? me demande Jessica, étonnée.

Je hausse les épaules parce que là où j'aimerais aller, je ne sais pas où c'est. J'aimerais retourner dans le passé, comme dans certaines histoires avec les machines à remonter le temps. Aller en arrière. Retourner à « quand j'étais petite ». Quand tout le monde s'aimait, tout simplement.

Mais on ne peut pas, en vrai, remonter le temps. Ou alors juste dans sa tête...

Comme je ne peux rien faire d'autre, je rentre chez moi et j'annonce :

– J'ai eu 4 en contrôle de calcul !

Papa ouvre la bouche comme s'il allait brailler, mais finalement il dit :

– Bon ! Vaut mieux ça qu'une jambe cassée !

Alors, soulagée, je plonge dans ses bras.

Maman prend Louis sur ses genoux et raconte une histoire que j'aimais, qui me faisait rire quand j'étais petite.

Louis rit beaucoup. Moi, un tout petit peu. En souvenir de quand j'étais petite.

3
La soirée crêpes

Le week-end est un bon week-end.

On va se promener en forêt, avec les vélos. Papa prend Louis sur son porte-bagages. On roule longtemps. J'ai mal aux jambes mais je ne le dis pas.

Je voudrais que cette promenade dans la forêt ne s'arrête jamais, qu'on roule, comme ça, toute la vie, ensemble, à la queue leu leu, en silence, avec juste le bruit de nos roues qui tournent sur les chemins où vole la poussière...

Mais on doit bien finir par rentrer. La promenade a fait du bien à tout le monde.

– On va faire des crêpes ! déclare Papa.

– Qui « on » ? demande Maman, qui n'a guère envie de faire des crêpes après avoir pédalé tout l'après-midi.

Papa décide :

– Je vais faire la pâte, chacun fera sa crêpe.

Maman ne trouve rien à redire à ça.

Et c'est ce qu'on fait. Chacun fait sa crêpe, à sa manière. Celle de Maman est parfaite, ronde et jaune comme une belle lune ronde et jaune. Celle de Louis, pleine de trous.

– Je m'en fous ! dit Louis en se faisant un masque et en regardant par les trous.

Finalement il met du sucre dedans, et ça coule de partout. Ma crêpe à moi est brûlée sur les bords, pas assez cuite au milieu, bref un peu ratée ; mais je dis que c'est comme ça que je la préfère !

– Chacun ses goûts ! déclare Maman.

Mais le clou du spectacle, c'est la crêpe de Papa. Elle voltige jusqu'au plafond où elle reste collée deux secondes avant de retomber dans la poêle… avec un moustique collé dedans !

Maman, Louis et moi, on hurle de rire. Papa s'exclame :

– C'est moi le meilleur chasseur de moustiques de la planète ! Je les aplatis à coup de crêpes en pleine binette !

Et il mange sa crêpe comme ça, avec le moustique écrabouillé dedans, en roulant des yeux de sauvage et en faisant :

– Miam-miam... La prochaine crêpe, je me la fais avec une araignée !

Maman et moi, on pousse des « berk » d'horreur, mais Louis s'écrie tout excité :

– Moi aussi, la prochaine, je la veux à l'araignée ! Et après, une autre... avec des poux !

C'est vraiment une chouette soirée.

Mais il faut aller se coucher. Dommage.

– Bonsoir les monstres, dit Papa en nous chatouillant partout.

– Bonsoir les amours, dit Maman en nous embrassant partout.

Et ils nous laissent seuls dans notre chambre.

J'ai une question dans ma tête. Mais le petit Louis dort. Alors je pose ma question à personne, ou à tout le monde, au monde entier, à la nuit, à la Lune, aux étoiles.

Je demande :

– Est-ce que le bonheur peut durer toujours ?

Personne ne me répond.

Mais moi, je trouve la réponse toute seule. Et c'est une drôle de réponse.

– Oui, le bonheur peut durer toujours... Mais pas toujours.

4
Au cœur de la tempête

La semaine suivante, ça me tombe dessus : la maîtresse convoque mes parents, pour parler de moi, parce que je travaille mal. Ils y vont tous les deux. Quand ils reviennent, je leur demande :

– Qu'est-ce qu'elle a dit sur moi, la maîtresse ? Je veux savoir !

– Elle a dit que tes notes n'arrêtent pas de dégringoler ces temps derniers, dit Maman.

Papa ajoute :

– Et qu'il vaudrait peut-être mieux que tu redoubles ton année. Qu'est-ce que tu en penses, toi ?

Moi ? Je ne sais pas, j'ai juste du chagrin, encore un peu plus de chagrin. Je voudrais leur dire que je n'ai pas fait exprès de mal travailler, que je voudrais bien être la meilleure de la classe, rapporter plein de bonnes notes qui les feraient sourire fièrement tous les deux... Mais les mots me restent coincés dans la gorge. Je ne dis rien, rien du tout.

Après dîner, Maman me demande de lire une histoire à Louis. Elle doit parler avec Papa. Louis et moi, on reste seuls, tous les deux, avec les trois petits cochons et le méchant loup qui bousille leur maison !

Louis dit :

– Heureusement que ça ne peut pas arriver en vrai ! Je ne voudrais pas que le loup souffle très fort sur ma maison !

Moi non plus je ne voudrais pas. Et pourtant, c'est presque ce qui arrive. Sauf que ce n'est pas un loup. C'est une tempête.

Les parents reviennent et Papa nous dit :

– Les enfants, vous avez vu que Maman et moi, on a du mal à s'entendre, ces temps-ci.

Je demande, la gorge serrée :

– C'est à cause de moi ? Parce que je travaille mal à l'école ?

– Pas du tout ! répond vivement Maman. Pas du tout. Ce n'est pas à cause de toi, ni de Louis. Mais il faut qu'on réfléchisse, Papa et moi, tranquillement, quelques jours.

– À quoi ? je demande.

– À nous, répond Maman, à nous et à vous. À notre vie. Alors Papa et moi, on va se séparer un peu pour réfléchir, chacun de son côté. Papa va s'installer ailleurs, vous allez habiter quelques jours chez Mamie, et moi, je resterai ici.

Je suis stupéfaite :

– Tu vas rester toute seule ici ? Sans nous ?

– Eh bien oui, dit Maman.

Ça y est ! La tempête, comme le loup des histoires, souffle sur ma maison et disperse tout aux quatre vents.

Louis n'est pas d'accord.

– Je ne veux pas aller chez Mamie.

– Mais c'est tout près d'ici, mon lapin ! dit Maman pour le convaincre. Et Mamie t'attend pour jouer avec toi.

– Elle n'a qu'à jouer toute seule ! boude Louis. Elle est grande !

– Bon, dit Papa, ça suffit comme ça. C'est décidé, on ne revient pas là-dessus.

Louis se met à bouder beaucoup :

– Puisque c'est comme ça, je ferai pipi au lit chez Mamie, toutes les nuits. Voilà !

Maman et moi, on prépare les affaires. Dans deux valises : une pour Louis, l'autre pour moi. Je voudrais tout emporter : j'ai peur, à mon retour, de ne plus rien retrouver.

Et Louis et moi on s'installe chez Mamie qui n'habite pas loin.

Maintenant, c'est elle qui nous emmène à l'école.

Le premier jour, en arrivant dans la cour, je veux tout raconter à Jessica. Mais elle est avec Mélanie. Alors je ne dis rien.

Un garçon d'une autre classe vient tourner autour de moi, je ne sais pas pourquoi. Il me regarde par en dessous.

Je lui crie :

– Tu veux ma photo ?

Il a l'air étonné et il me répond :

– Oui, je veux bien, merci.

C'est un idiot qui ne comprend rien.

D'ailleurs personne ne comprend rien.

Je me mets à la grille. Je m'agrippe aux barreaux, comme une prisonnière qui appelle au secours pour qu'on vienne la délivrer.

Un bras m'entoure les épaules, par derrière. C'est Jessica, revenue.

Alors je me mets à pleurer :

– Je crois que mes parents vont divorcer...

Jessica resserre son bras autour de moi. Je vois qu'elle a envie de pleurer avec moi, par amitié. Elle me dit :

– Ne t'en fais pas, Sophie, le malheur, ça ne peut pas durer toujours...

Et la cloche sonne.

Une semaine passe comme ça. Lentement. Un soir, Maman nous appelle au téléphone. Un autre soir, c'est Papa. Mamie est très gentille avec nous, et Louis est très vilain avec Mamie.

5
La fin de ta tempête

Samedi matin, le garçon idiot qui voulait ma photo me passe un petit mot en récré. Il a écrit : « Je m'appelle Thomas, je te trouve jolie, je suis amoureux de toi, et je veux bien ta photo... »

Mais moi, je n'ai pas la tête à ça. Je montre le petit mot à Jessica. Elle m'envie un peu :

– Moi, dit-elle, je n'ai jamais reçu de petit mot doux.

Et puis dimanche, Maman vient nous chercher. Je demande :

– Où est Papa ?

– Il va déménager, annonce Maman.

L'appartement est plein de cartons.

Louis et moi, on va dans notre chambre. Là, tout est comme avant, mais bien rangé.

Maman dit :

– J'ai eu le temps de faire le ménage à fond !

Papa arrive. Il nous embrasse.

Il commence à descendre tous ses cartons. Louis veut l'aider, mais il ne peut pas, il est bien trop petit. Quand il ne reste plus un seul carton dans l'appartement, Papa dit :

– On se verra le week-end prochain, les enfants. Pour le moment, ce sera comme ça. La semaine avec Maman, le week-end avec moi, d'accord ?

Louis et moi, on ne dit rien. On n'a rien à dire de toute façon.

Et il part, Papa. On fait au revoir par la fenêtre.

Maman retourne dans la cuisine, éplucher des légumes. Ce ne sont pas des oignons, mais elle pleure un peu quand même.

Je demande :

– Pourquoi tu pleures ?

– C'est dur à dire, dit-elle, mais Papa et moi, on va divorcer, ma chérie.

Un grand vent s'engouffre dans ma tête, un grand trou se creuse dans mon cœur.

Je pense : « Voilà, c'est fini... »

Je demande à Maman :

– L'amour, ça ne dure jamais toujours ?

– Si, dit Maman, si ma Sophie, certaines amours durent toujours. Tu vois, Louis et toi, je vous aime infiniment ; et ça, cela durera toute ma vie ! Papa vous aime infiniment aussi, et cela durera aussi toute sa vie. Et je souhaite que plus tard, tu trouves quelqu'un que tu aimeras toute la vie.

Le lendemain, au courrier, Louis et moi, on a une petite carte de Papa ; il écrit :

Mes deux chéris
Je sais que tout cela est difficile pour vous. Je sais que je vous manque et vous me manquez aussi.
Vivement samedi.
Votre Papa
qui vous aime.

L'appartement est tout calme maintenant.
Plus de tremblement de terre dans le salon.
Plus d'avalanche dans la chambre.
Plus d'éruption de volcan dans la cuisine.
Tout est calme.

Dans ma poche, je retrouve le petit mot de Thomas qui me dit qu'il m'aime. Je caresse le papier froissé. C'est un vrai petit mot doux, très très doux. Vraiment.

Le drôle de magazine qui donne le goût de lire

- un roman inédit illustré
- des jeux pour s'amuser et être créatif
- la célèbre BD de Tom-Tom et Nana et bien d'autres surprises !

Le 1er magazine des 7-10 ans

Disponible tous les mois chez votre marchand de journaux ou par abonnement.

Princesse Zélina

Plonge-toi dans les aventures de Zélina,
la princesse espiègle du royaume de Noordévie.

Découvre les plans diaboliques de sa belle-mère qui voudrait l'écarter du trône... et fais la connaissance du beau prince Malik, un précieux allié pour Zélina.

Retrouve Zélina dans *Astrapi*, le grand rendez-vous des 7-11 ans.

Tous les 15 jours chez ton marchand de journaux ou par abonnement.

Achevé d'imprimer en juillet 2003 par Oberthur Graphique
35 000 RENNES – N° Impression : 5197
Imprimé en France